KB118456

봄이고 첨이고 덤입니다
정끝별 시집

문학동네시인선 123 정끝별

봄이고 첨이고 덤입니다

시인의 말

모든 구상화가 초상화고
모든 초상화가 추상화인 까닭

고백이 주문(呪文)이 되고
주문이 외마디 시가 될 때까지

여기서부터
좋은 냄새가 날 거야

2019년 6월
정끝별

차례

2부 여럿이 부르는 신음을 우리는 화음이라 한다

3부 젠더의 새벽은 아직 춥다

4부 밥알과 알밤을 찾아다녔다

나의 라임과 애너그램*을 위하여

* 하나의 소실점을 향해 일사불란 항진하는 시의 원근법이 지지부진 오리무중일 때 라임(rhyme, 압운)과 애너그램(anagram, 철자 바꾸기)이 찾아왔다. 하나의 언어를 감싸고 있던 다른 소리와 의미와 몸짓이 들썩였다. 들썩이는 춤과 노래가 딸려왔다. 물음이 답을 품고 답에 날개가 돋는, 우리의 우연과 그 병존의 공존을 위하여!

011

1부

먼눈이 멀어진 눈빛을 노래한다

춤

내 숨은
쉼이나 빔에 머뭅니다
섬과 둠에 낸 한 짬의 보름이고
가끔과 어쩜에 낸 한 짬의 그믐입니다

그래야 봄이고 첨이고 덤입니다

내 맘은
뺨이나 품에 머뭅니다
님과 남과 놈에 깃든 한 뼘의 감금이고
요람과 바람과 벌람에 깃든 한 뼘의 채움입니다

그래야 점이고 섬이고 움입니다

꿈만 같은 잠의
흠과 틈에 든 웃음이고
짐과 담과 금에서 멈춘 울음입니다

그러니까 내 말은
두 입술이 맞부딪쳐 머금는 숨이
땀이고 힘이고 참이고

춤만 같은 삶의

몸부림이나 안간힘이라는 겁니다

그런 것

겨울 가지가 허공 언저리에 긴 손가락을 내민다면
수작이란 그런 것

공터의 아이가 부푼 공을 차올려 공의 날개가 하늘을 베고
달아난다면 만짐이란 그렇게 휙 하고 쓱 한 것

사무친 장대비를 웅덩이가 받아낸다 흔쾌한 혼례다

바닥이 물컵을 껴안으려 온몸을 내던진다
가을 뱀이 땅속을 파고들 듯 쏟아진 물이 바닥에 스며든다
그런 것 상처인 듯 화해인 듯

암소 눈이 여물통에 고인 물빛을 닮아간다 궁륭의 별이
지상의 눈빛을 닮아간다 묵묵하다 동행이란 바로 그런 것

십이월 눈석임물은 마실 가는 곳을 알려주지 않는다 문밖
눈사람 노부부를 저녁이 데리고 저문다 이별이다

먼눈이 멀어진 눈빛을 노래한다
최후의 시란 그런 것 그리 상투적인 것

염천

—

능소화
담벼락에
뜨겁게 너울지더니 능소화
비었다 담벼락에
휘휘 늘어져 잘도 타오르더니 여름 능소화
꽃 떨구었다 그 집 담벼락에
따라갈래 따라갈래 달려가더니 여름내 능소화
노래 멈췄다 술래만 남은 그 옛집 담벼락에
첨밀밀첨밀밀 머물다 그래그래 지더니 올여름 장맛비에
능소화

그래 옛일 되었다 가을 든 네 집 담벼락에

늦여름 물가

검은 물잠자리 한 쌍이 길을 내며 날았다
조심조심 날아도 연두 방아깨비가 뛰었다

하얀 취꽃을 일러준 건 너였고
새빨간 떡맨드라미꽃을 일러준 건 나였다

헬리콥터가 하늘을 가르고 지나면
구름은 다른 몸이 되어 흘렀고
흰 모터배가 물살을 가르고 지나면
강물은 다른 쪽으로 물비늘을 눕혔다

잠시였다
갈라진 것들은 다시 하나가 되었다

앞서 날던 검은 물잠자리 한 쌍이
서로의 긴 꼬리를 휘어잡고
강물과 구름 사이에 동그란 허공을 만들었다

우리 결혼할래요?

움

네가 있어서
네가 없어서

두 발을 덮어주면 무의 움처럼 돋는 물집들
발아, 순한 발아, 너만 쫓는 두 발아, 괜찮니?

움이 잠이라면…… 우물처럼 울 텐데

네가 그래서
네가 그러지 않아서

잠이 오니? 잠들 수 있니? 그래도 별이나 양의 수만큼 기
운을 내 잠들어야 해

다른 발을 받는다면…… 그래도 너만

다시 봄은 또 움이라서
움은 그래, 엄마처럼 가깝겠다

그러니 아깝겠지?

천돌이라는 곳

목울대 밑 우묵한 곳 그곳이 천돌

쇄골과 쇄골 사이 뼈의 지적도에도 없는
물집에 싸인 심장이 노래하는 숨 자리
목줄이 기억하는 고백의 낭떠러지

와요 와서 읽어주세요 긴 손가락으로
아무나가 누구인지 모든 게 무엇인지

숨겨둔 술통이 익을 즈음이면
숨들이 밤으로 스며들고
혼잣말하는 발자국이 하나둘 늘어나요
어떤 이름은 파고 또 파고 어떤 이름은 묻고 또 묻고 애초
에 없었던 어떤 이름은 그냥 밟히기도 하고
박힌 희망에 호미 자루가 먼저 달아나기도 하는데요 그
럴 때면
눈물의 밀사가 관장하는 물시계 홈통에 물 떨어지는 소리

와요 어서 와서 대주세요 긴 손가락의 지문으로
지도에도 없는 천 개의 돌을 열어주세요

발소리도 없이 들었다 잠시 별을 피워낸 서리입김
유리컵처럼 내던져진 너라는 파편과

인도코끼리 같은 오해의 구름,
그리고 지리멸렬에 묶인 지리한 기다림이
기억의 물통을 채울 때면 망각의 타종 소리가 맥박처럼
요동치는 곳

뜻밖을 살게 한 천돌이라는 그곳
어떤 이름을 부르려 달싹이는 입술처럼
천 개의 숨이 가쁜 내 고통의 숨통

언 발

착각과 착란이
희열과 전율이

당신은 다른가요?
당신과 다른가요?

병과 환은
고독과 외로움은
고통과 고뇌는

당신의 리듬인가요?

슬픔과 비애의
끝과 절정의

모든 리듬이 중독이라면
죽도록 살아내야 할 서사가
당신의 메아리라면

갈수록 떠나가는 집시처럼
당신 이름은 어언 별입니다

봄의 사족

말은 발가락이 하나
소와 닭과 양과 돼지는 둘 혹은 넷

개와 원숭이와 호랑이와 용은 다섯
나도 어엿한 다섯, 다 어디에 쓸까?

발가락은 짧은데
발톱은 더더욱!

벌은 다리가 여섯, 그럼 발은?
뱀은 발조차 없는데

콩밭 여우볕에 든 네 발바닥에
성냥인 듯 불 그어볼까?

꽃술을 겨냥한 봄 벌발
꽃그늘에 밟힌 밤 뱀발

벌벌대다 뱀처럼 울었니?
내 바닥의 봄 가락들

너도 다섯 발가락
별아, 네게 들려줄까?

시간의 난간

세간에서 약간 떨어진 산간으로
당분간의 좌우당간이 간당간당 간다

11시 30분이었던가 12시 30분이었던가
가깝거니 멀거니 시침과 분침이 간다

노간주 우듬지가 가고 열린 서랍 모서리가 가고 부푸는 직
립의 반죽 덩이가 간다
문간에 걸린 젖은 수건이 미끄러져내려가고
바게트에 고르곤졸라 치즈가 녹아내려가고

스며들어간다 한순간의 한숨이
고집스런 인간의 늑간 사이를 빠져나와
삽시간에 미간 사이로 흘러들어간다

새겨들어가면 거긴 천간과 지지의 간지
혹간은 2시 45분이었던가 3시 45분이었던가
처진 눈가에서부터 계란프라이처럼 타들어가고
땅으로 타들어간 근간처럼 누워서 간다

바닥을 가는 개간이란 조만간의 계절을 분간하는 것
노간주가 지팡이로 가고 서랍이 불쏘시개로 가고 형체도
없던 반죽 덩이가 새싹으로 가고

다시 막간의 절간 옆 항간으로 가고
어중간으로 가고 양단간으로 가고 여하간으로 간다

그 자리에 그대로 있을 것만 같던 잠깐들
얼마간의 그간들이
간다

간다

겁 많은 여자의 영혼은 거대한 포도밭

볕이 들었다
볕이 들었다
잠시 잠깐 빗발이 들었다
넘쳐들지 말라고 바람이 들었다

사랑이 당신에게 기쁨을 주나요? 당신은 환자거나 바보
군요 사랑하면 낫지 않을까요? 다른 곳으로 가려면 아무래
도…… 쉽게 끝날까요? 아직 눈물은 따뜻해요

치맛단에 포도밭이 출렁였다
높이 오른 포도 꽃일수록
빨리 빠진 포도 향기일수록
뜨겁다 포도 너울 태우는 연기가
겹겹의 울타리를 넘었다

잃었고 잃고 더 잃을 평범한 날들이 해와 비와 바람과 먼
지를 유혹했었다니(*주어와 목적어를 바꿔야 할까?*) 가지가
굽고 껍질이 파일수록 줄어든 채 제 넝쿨 끝을 좇는 이 빌어
먹을 사랑의 역사라니(*인과가 바뀐 걸까?*)

볕이 졌다
별이 졌다
호호백발 눈발이 졌다

함부로 지지 말라고 바람이 졌다

겁먹은 울타리를 넘어 서로에 닿으려 서로를 닮아갈 때 천
사는 실패한다 펼쳐진 날개들이 위험하다 하얗다 벌써

겹겹의 첫눈이 쌓였다
흰 종이가 출렁이는 내일이라 할까
넘치기 쉬운 지평선이라 할까

포도알 두 눈의 암염소 한 마리가
포도잎 섯자리를 뒤로하고 이만 총총 지나가는 그 사이를

벌받는 별

출생신고서에 등재한 내 이름이 이 별의 별명이자 병명이
되리란 걸 아버지는 아셨을까

노을이 구름을 지날 때였고 바다에 산호가 필 때였다
울음이 쏟아질 때였고 맨살이 터질 때였다
그때가 사랑이었고 그때마다 이름에 색칠을 했다

몇 날 며칠을 물고기자리에서 뒤척이다 일어난 새벽이면
천길 물속 같은 밤이 등뒤로 밀려나 있었고 아침이면 아무
런 별도 아니었다

늙거나 비우거나, 힘을 빼고
희미해지거나 지우거나, 힘이 빠지는 건
별똥별의 일이다 자기 앞의 밤을 오리온자리처럼 사수한
다는 건 별의별 일이다

움켜쥐다보면 잠 못 이루는 날이 오고
겨누다보면 중력을 잃게 되고
놓지 않으면 아무것도 할 수 없는 날이 온다
그러니 척력을 잃어서는 안 된다

긴 꼬리를 끌며 별 하나가 시위를 떠났다

두고 온 겨드랑이 털과 등 비늘은 춥겠다 더 말랐겠다
덧칠된 색칠은? 이별의 징후나 증세는?

누구도 말 걸지 않았다 아무도 그립지 않았다 해야 할 건
다 했는데 아직도 숨이 차다 어깨가 처지고 손이 풀렸는데
그래도 아침은 되풀이된다 매일이 벌처럼

사망신고서에 등재될 내 이름이 이 벌의 죄명이자 사인일
것이다 완성이란 그렇게 인과적이고 인위적인 것

늘 다른 내가 되고 싶었으나 별안간의 이름으로 불릴 때마
다 철렁 받는다 꼬리가 조금 더 길어졌다는 건 잘 받았다는
거다 조금 더 무거워졌다는 거다 매일의 별처럼

나는 아직 모른다 내 이름의 꼬리를

입술을 뜯다

사랑을 할 때 나는 뜯지 않았다
꿈에도 석류알처럼 군침을 머금었으니

사랑에 기다릴게 언약은 마른침처럼 얇아져

다물 때마다 가물어지는 오뉴월의 고백과
터지자마자 갈라지는 자정의 췌사 그러나

손가락은 망설임의 말꼬리에 골몰했다
손가락의 골몰은 피를 보고서야 그쳤다

오늘이 너였다면 다른 날이 나였을 텐데

엄지와 검지 끝으로 말없음표를 뜯는다
끝에 끝을 만질 때마다 뜯기는 기약들

어떤 이별을 완성하려 손을 댔을까
피를 감싼 내 연한 영혼의 맨살갗을

디그니타스*

서태후가 즐겨 먹었다는 천진포자 옆구리가 터진 채 배달
되었다 삐져나온 부추가 시큼했으나 별것 아닌 것

농담처럼 *가 멀리 있을 뿐

로스코 채플에서 카스트라토가 *를 노래한다면, 피렌체
라우렌치아나의 늙은 사서가 *를 읽는다면, 그건 우—와—한
별것

아닌 게 아니지만, 별것 아닌 것들에 지쳐 별것을 잃으면
다시 다 별것인 것들

떨고 있는 남편 카에시나 포에투스의 단검을 빼앗아 제 가
슴을 쩌른 후 돌려주며 아내 아리아가 말한다

봐요, 별것 아니잖아요!

순간인 것, 죽는 것도 사는 것도, 떠난 * 뒤로 네가 완벽
히 사라지는 것도

눈을 감으면 세상에서 가장 가까운 무주의 우주가 펼쳐졌
어 홍역을 앓은 한낮의 헛것들은 하나같이 흰 수건을 머리
에 쓴 뒷모습이었어 과다출혈로 피가 멎었을 때 들렸던 살

아 있는 자들의 목소리, 아버지는 내 혈액형을 모르셨지 봐서는 안 될 것을 보면 눈멀고 숨이 멎는다는데 꿈속 억만년의 물가는 어느 생에서 봤던 풍경일까 그러나, 눈을 뜨면 날파리처럼 웅성대는 별별 것들

그때마다 *를 불렀어 마지막이라고 별것 아닌 것들이라고

디그니타스, 선택과 결단이 묻어나는 소리다
사랑의 아모에니타스와 자유의 리베르타스가 이웃한
디그니타스 디그니타스, 디스토피아 과거완료형만 같고
디즈니랜드 미래완료형만 같다

별것이란 늘 흔드는 손가락 사이를 빠져나가 더이상 별것
아니라는 듯 응답하곤 하는데

모든 사망은 사고사예요 스키드 마크도 없고 현장 보존 스
프레이도 폴리스 라인도 없이 내가 낳은 *가 날 부정하고 내
가 너무 슬퍼서 늙어버리는 것이 가장 긴 사고예요

평생을 이렇게 손 흔들고 있는데, 부르자마자 잊히는 이
방의 이름만 같은, *야, *여,

봐요, 별것 아닌 거라구요, *도!

* 디그니타스: 스위스 조력자살 단체.

파란 나팔
—애너그램을 위한 변주

풋 숲에
하냥 하얀 그물 구름

겹겹의 벽벽에
불멸의 조각을 그리는 물별의 가족

그래도 그대로
정말의 절망을

뚜뚜랄라 따따룰루
명랑한 열망을

굿 나잇— 굿 인사!

차밍한 아침을
성탄의 탄성처럼

해피 뉴 이어? 너 해피 이유!

이별의 완성

빛은
유리를 통과하지만 종이는 통과하지 못한다

물은
종이를 통과하지만 유리는 통과하지 못한다

입자와 입자가 만나면
늘어나기도 하고 사라지기도 하고
통과하기도 하고 갇히기도 한다

기(氣)든 파(波)든
격(格)이든 향(向)이든 합(合)이든

임자는 임자에게만 열리는 길이 있다

나는 너를 통과해내고 싶다

2부

여럿이 부르는 신음을 우리는 화음이라 한다

과일의 일과
—애너그램을 위한 변주

창문 너머는 춘망
봄 추위를 내모는 봄 취우와
두엄과 어둠과 엄두와 더움의
우매한 애무에

망고의 오감이 쓰윽
수박의 박수와 유자의 자유가 으쓱

파인애플 잎은 파래
이상의 레몬은 이상의 메론
앵두는 웅대하고 자몽은 종마답지
으 오렌지 하나, 한낮의 에로

신이한 시인들이
공중 옥중에 매단 어언의 언어

지구의 주기에 따라
다른 채도로 초대된 서정의 정서

모든 것들의 온도

하늘에서는 덥고 땅에서는 춥다
새들은 높고 개미핥기는 낮다 식물은 더욱 낮다
덥다고 높기만 한 것은 아니다 높으면 추워진다

바깥으로부터 체온을 지키려는 항온동물에 관한 이야기다

여름과 저녁에는 높고 겨울과 새벽에는 낮다
여름생은 덥고, 명망과 출가처럼 너는 대체로 덥다
겨울생은 춥고, 망명과 가출은 춥다 나는 늘 춥다

체온은 접촉하면서 흐른다 높은 데서 낮은 데로

가까운 몸은 높고 먼 몸은 낮다
사로잡힌 말은 높고 놓친 문장은 낮다
가깝다고 높은 것만은 아니다 사로잡히면 바닥을 친다

마음도 그렇다 죽지 않으려고 변온하는 것이다

눈에 눈에 눈이 내리는데 더웠다
여름에서야 눈에 눈에 녹지 않는 눈으로 추웠다

왈(曰)

넌 하지 않는다 말을 하지 않는 네게 난 너무 한다

넌 돌돌 말린 철산갑이고
난 우르르 쏟아진 철자법이다

넌 듣지 않는다 내 말을 듣지 않는 네게 난 더 큰 소리로
한다

넌 본 적 없는 천둥새라서
난 번지 없는 천둥산이라서

너를 타진하다 터진 내 말에 네가 탄다 잘못 타전된 네 말
에 타래진 내가 탄다

우주의 첫소리 아(阿)부터
우주의 끝소리 훔(吽)까지

넌 봉인된 내 말을 캐고 난 해제된 네 말을 심는다

아니었다면 지금쯤 우린
아수라나 아라한이 되었을지도

너무 딸인 채 너무 엄마인 채

철(慗)

스무 살 끝 대입 원서를 마감 친 날

사춘을 건너온 넌 미련 없다 했고
갱년을 건너온 난 미안하다 했던 그날

같은 집 다른 방에서
같은 밤 다른 베개에서

넌 내가 죽는 꿈을 꾸고 난 널 다시 낳는 꿈을 꾼 날

넌 하필 내게서 나고 자란 게 아하
난 기필코 너를 낳고 키운 게 아차

넌 그만 품에서 풀려나고 난 이제 품을 풀고

폭죽과 폭발의 전류를 방전하고
감사와 감시의 채무를 청산하고

넌 한 철 들고 난 한 철 빠져

넌 엄마 같은 딸이 되고
난 딸 같은 엄마가 되자던 그날

슬(膝)

난 왼다리가 짧고 넌 오른다리가 짧아 난 왼쪽으로 기울고 넌 오른쪽으로 기운다

걸을 때 우리는 긴 다리를 먼저 내디딘다 네 왼다리는 내 오른다리처럼 서로에게 바짝 붙어 서로를 밀쳐내고 내 왼다리는 네 오른다리처럼 의지할 데 없이 밖으로 쏠려 서로에게 멀어진다 나란히 걸을수록 우리는 불평등하다

　네가 자유 하면 난 우유
　네가 정의 하면 난 정리

내 짧은 왼다리와 네 짧은 오른다리는 안거나 등질 때만 서로에게 평등하다 우리는 늘 짧은 다리에서 쓰러진다

　내가 머니 하면 넌 뭐니?
　내가 하라 하면 넌 마라!

발을 바꿔 짧은 다리를 먼저 내디뎌도 자리를 바꿔 왼다리에 왼다리를 맞춰 내디뎌도 서로의 다리는 서로에게 치명적인 목발이다

우리는 부부라서 두 다리가 같고 우리는 부부인데 두 다리가 다르다 쓰러질 땐 맞고 일어설 땐 틀리다

소금인간

돌도 쌓이면 길이 되듯 모래도 다져지면 집이 되었다 발
을 떼면 허공도 날개였다 사람도 잦아들면 소금이 되었고
돌이 되었다

울지 않으려는 이빨은 단단하다 태양에 무두질된 낙타 등
에 앉아 가뭇없이 선잠에 들면 밤하늘은 길을 냈다 너에게
로 가는 길이 은하수처럼 흘렀다 칠 할의 물이 빠져나갔다
눈썹뼈 아래가 비었다

모래 반 별 반, 저걸 매몰당한 슬픔이라 해야 할까? 낙타
도 사람도 한때 머물렀으나 바람의 부력을 견디지 못하고
발자국부터 사라졌다 소금이 반 흩어진 발뼈들이 반, 끝내
지 못한 것과 굴복하지 못한 것들의 백발이 성성하다

눈물도 고이면 썩기 마련, 깨진 과육은 바닥이 마를 때까
지 흘러나오기 마련, 내가 머문 이 한철을 너는 더 오래 머
물 것이다 머문 만큼 남을 것이다

알몸으로 태어나 맨몸으로 소금산에 든 자여, 마지막 시
야를 잃은 고요여, 세상 절반을 품었던 두 팔, 없다, 가죽신
발 속 절여진 발, 흔적도 없다

멜랑콜리커의 발

가만한 발에 검정 바다가 왔다
그만이라는 발바닥에 가장 검정 바위가 알을 슬었다

작은 뭉게구름은 백 톤에서 천 톤의 무게다 사십 마리에서
사백 마리의 코끼리가 하늘에 떠 있다는 거다
그러니 구름은 가벼워서 뜨는 게 아니다 구름보다 더 무
거운 바람이 구름을 침범했기에 뜨는 거다

처음엔 다음 바다를 믿었으나 소음된 믿음이 바람을 불렀
다 검정 구름이 폭음처럼 솟구쳤다

별이었다면 그렇게 금세 쏟아지지 않았을 텐데
뭐든 가만 참다보면 줄이 풀리고 발을 적시는 건 순간
발이 젖었으니 넘칠밖에 쏟아질밖에
발도 없이 달려오는 검정 바람에 소문의 파고가 높았다
미상과 불명의 침몰일수록 오래 유출되는 법

매미처럼 울었다 같은 데서 멈춰 같은 데를 노래하다 같
은 데서 길을 잃고 같은 데로 쏠렸다 개미처럼 사소해졌다
발이 없으니 번개가 날개였고 안개가 베개였다

물었던 걸 또 묻는다 되묻는 간격이 짧아진다 물을 때마
다 다른 인생에 가까워진다 묻고 묻다보면 신생아가 될 것

같다 검정 바다에 가까워질 것이다

　천 날의 발이 젖고 천 날의 발을 잃었으니
　사이렌과 세이렌으로 떠가는 중이다

　오늘도 검정이라는 사어를 인양중이다

홀리데이

독거노인이 된 여든여섯의 엄마가 좋아하는 오골계탕을 포장해가는 오후의 차안이다 운전대에서 운전대로 숨을 돌리는 봄날의 홀리데이다

썹힌 테이프처럼 되풀이되는
Let me take you far away You'd like a holiday

임신년 오월생 엄마는 봄이면 유독 노래하셨지 살아온 얘기를 쓰면 소설이 몇 권이라고

스물아홉에 나 빈집에 갇혔다며 초봄의 심야 극장에서 앉은 채 죽은 시인은 Perhaps love를 잘도 불렀지 안개를 부르는 바이브레이션이었어

감정이 곤해 사랑할 마음이 없다며 만우절에 24층 객실에서 떨어지고 싶었을까 홍콩 배우처럼

어떤 꽃은 주저앉고 어떤 꽃은 투신한다 중력의 힘이다

어떤 꽃은 벌써 쉰을 넘긴 지 오래
지구는 돌고 far away, far and away, 봄에 우리는 먼 데서 오고 먼 데로 간다 faraway place, faraway please

골고다 언덕에 못 박힌 것도, 상한 고기를 먹고 사라쌍수 아래서 입멸한 것도, 스물에 최루탄을 맞아 죽은 것도, 예순넷에 담배 있나 묻고는 바위에서 뛰어내린 것도, 죄다 봄이었는데

여든다섯에 고독사한 아버지는 자연사를 위해 오래 기다리셨지 기다리시다 목단꽃이 질 즈음이면 이런 시답잖은 시를 쓰셨지 이내 탄생사 이내 고행길 아무도 모르나니

너는 모른다 운전대에서 숨을 돌리며 봄이면 가까운 곳을 멀게 다니는 내가 씹힌 카세트테이프처럼 얼마나 멀리 더 멀리를 노래하는지

Let me take you far away You'd like a holiday
Woo Woa— Aaa Aaha— Ahaha Haha—

긴 화음과 신음의 끝은 진 울음과 웃음의 끝과 같다

차면 넘치고 기울면 쏟아진다 다른 봄에 다른 노래도 다른 인생에 다른 하루도 탕! 탕! 탕! 모든 끝은 너무 멀리 가면 아무것도 없다는 거 멀리 갈수록 너무 가까워진다는 거

봄에 꽃은 가장 가까이 있고

— 봄에 꽃은 가장 멀리 낙하한다

—

저녁에 입들

한 이불에 네 다리를 꽂지만 않았어도

서로 휘감지도 엉키지도
그리 연한 속살이 쓸리지도 않았을 텐데

한솥밥에 내남없는 숟가락을 꽂지만 않았어도

서로에 물들지도 병들지도
그리 쉽게 행복에 항복하지도 않았을 텐데

한 핏줄에 제 빨대들을 꽂지만 않았어도

목줄도 없이 묶인 채 서로에게 버려지지도
무덤에서조차 그리 무리 지어 눕지도 않았을 텐데

한 우리에 우리라는 희망을 꽂지만 않았어도

두부에 박힌 미꾸라지처럼 서로를 파고들지도
닫힌 지붕 아래 그리 푹푹 삶아지지도 않았을 텐데

가스 밸브를 열며

이십 년 전 일이다 첫딸을 낳은 직후였고 강의를 마치고 강사실에 들어갔을 때였다 독신의 선배가 독설을 날렸다

오랜만 시인!
엄마는 절망할 수 없다는데
절망 없는 시인의 시는 안녕할까?

그때 나는 귀담아듣지 않았다
할 일은 많았고 시 쓸 시간이 많지 않았기에

맙소사 둘째까지 낳고

둘째가 성년이 되는 날
천돌에 봉인해두었던 그 말을 꺼내들었다

나를 향해 있었다
눈부시게 벼려져 있었다
날을 향해 기꺼이 달려갔다

이제 두려워하지 않아도 돼 절망 따위
이제 그만 엄마여도 돼

홈페이지 앞에서

식탁이다, 임시저장된 얼굴로 로그인되어 있다, 서로를
스킵한다, 접속하면 악플이다, 숟가락과 변기와 가족력을
공유하면서

서로에게 자동 로그아웃된 지 오래

양은냄비다, 네 컵의 물이 제 몸을 달달 끓이고 있다, 서
로의 목줄을 쥐고, 각자의 방문을 잠근 채, 서로의 숨통을
당기고 있다

말을 해, 내가 스팸 처리된 이유, 너에게 차단된 이유를!

화병이다, 잠긴 물에 발을 담근 가지들, 물때 낀 기억이
녹조 눈금을 새기며 졸아들고 있다, 잠금 해제 패턴을 찾아
GPS 추적중이다

집과 짐과 징과, 가족과 가축과 가출과 가책은, 다른가?

현관이다, 장마철에 세워둔 우산이 철 지난 눈사람처럼
서 있다, 너무 혼자여서 혼자인 줄도 잊고, 젖은 채 접힌 살
들이 서로의 미래에 녹물을 들이면서

아이디마저 잊었다 계정을 삭제해야 할까

일파 만파 답파

저잣거리 기름 장수의 기름 줄기가 창공에 호(弧)를 그리
며 춤추다 좁디좁은 호리병 구멍에 들어가는 걸 본 검객 미
야모토 무사시는 다시 입산했다지 거듭 겨눈 검(劍)이 겨
자씨를 가르고 그냥 같은 겨냥이 백전불패의 겨룸이 될 때
까지

나는 내가 말한 나보다 더한 사람이 될 수 있어

수피 시인 루미는 대장장이 망치질을 보다가 오른손으로
하늘을 떠받치고 왼손으로 땅을 누른 채 우주가 도는 방향
으로 시간에 시간을 더해 빙빙 돌았다지 되돌이는 춤이야
지렛대야 거듭이 그를 들어올릴 때까지

나는 네가 생각하는 나와 다르게 돌 수 있지

나무 말구유에 나서 나무 십자가에 매달렸던 그리스도
는 나무를 다스리는 대대로의 목수셨지 세상의 지게를 자
르고 밀고 깎고 파다 못 박히셨어 비아 돌로로사 두 팔 벌
려 거듭 피는 봄 나무들이 부활의 캠프 아니 구원의 웜홀
이 될 때까지

나야말로 누가 아는 그 누구도 아냐

포정이라는 백정은 단칼로 소의 멱을 잡고 획획 쐐쐐 뼈 ―
마디마디와 살 사이사이를 켰다지 거듭의 칼날이 활처럼 음
악 소리를 낼 때까지

사랑을 노래하는 카사노바의 입술도 그러할진대, 그게 시
라면, 뭇칼질을 건너뛴 일획이, 거듭이 생략된 노래가, 가
당키나 할 것인가

그렇게 믿지 않았다면 어떻게 여기까지 왔겠는가

―

호퍼가 그린 그림

사다리꼴 지붕에 사각 벽에 사각 창에 있다
머리카락이 없고 눈이 없고 입이 없다 윤곽선만 남아
창턱에 두 팔을 걸치고 창밖을 바라보고 있다

일곱 살 그림마다 사다리꼴 지붕 아래 사각 벽에 사각 창
을 그려넣곤 했다 그림을 그리기 시작한 그때부터

세 번 만나고 헤어지자는 말에 스무 살 짝사랑이 말했다
사랑은 제 눈에 들앉은 들보라고
네가 바라봐줘야 너를 들어올릴 수 있다고

결혼식 전날 기혼의 막내 오빠가 말했다
사랑이란 나의 너를 위해 세상에 쌓는 담이라고
허물어지지 않으려면 스스로가 벽이 되어야 한다고

현관의 나 홀로 신은 홀로임을 반성중이다
어제 입술로 오늘 마시는 말술이 마술이다

왼손에 사각턱을 괴고 사각 창에 갇힌 내가 말했다
일흔 살에 잘한 일이 일곱 살 사다리꼴 지붕 아래 반성중
인 신을 사들이고 마술을 살아낸 거였으면 좋겠다고

신이 있다면 내가 그린 그림에 있다고

마술이 있다면 그 그림에 찍어놓은 내 입술 자국에 있다고 —
사랑에 갇힌 호퍼가 말했다 사각의 유리창 안에서

초겨울 무밭

쏟아지듯 무작정 탔던 시외버스

횡계 어디쯤서 갈 곳 없어
낡은 베개에 그믐의 눈꼬리를 씻은 아침엔
뜨거운 국밥이 먹고 싶다
배고픈 아이마냥 눈동자가 까맣도록

무가 뽑힌 무밭은
새벽눈이 쌓여도 오목오목하고
국밥집 모퉁이에 갓 뽑힌 무는
무청까지 맛이 들어 시원하다

첫눈이 살얼은 십이월의 횡격막에
칼칼하게 국물 든 붉은 뺨을 묻고

오늘을 죽도록 사랑하고 싶다

가족장편선

빗 준 자와 빚진 자가
이생에 전(쥰)생의 빚이 꺼질 때까지
전생의 빚을 걸고

한집에 모여
피와 땀과 눈물을
밥과 돈과 시간을 같이 쓰면서

서로의 채무자가 되어
어딜 가든 알려야만 하는

사무쳐서 찢어지고
찢어진 데서 새고야 마는

한평생을 써내려가는
빛 좋은 살구빛 탕감 서사

눈의 망루

눈의 물은 가슴에 쌓입니다
깊숙한 심장에
갈라지는 핏줄에 쌓여
쌓인 곳에 잠시 머뭅니다

눈두덩에서 녹습니다
눈물샘에서 핏줄을 따라
심장에서 녹아 늘 무엇이었는지
알지 못한 채 넘칩니다

들불이 지나갔습니다
어디서 온 밤이었는지
어디서 새나간 둑이었는지 모릅니다
그래 거뜬한 미래일 것입니다

들었다 나가는 사이
넘쳤던 사랑과 경사와 지평이
한 빛깔 더 투명해졌거나
한 눈금 더 가벼워졌습니다

3부

젠더의 새벽은 아직 춥다

합주

혼자서는 느리거나 빠르다

둘이면 조금 빨라지고
셋이면 조금 더 빨라진다

사랑에 빠질 때도
사랑이 빠질 때도

둘의 박동은 심장을 건너뛰고
셋의 박동은 심장을 벗어나기도 한다

희망에 달려갈 때도
희망이 달아날 때도

셋이면 경쟁이 되고
넷이면 전쟁이 된다

여럿이 부르는 신음을
우리는 화음이라 한다

깁스한 시급
—애너그램을 위한 변주

사러 가 사거라
소비가 보시라는
성장의 정상을 향해

당일 일당을
바랑에 멘 알바는
박리다매의 갈비마대처럼

자소서와 조사서
사이를 이사하듯
오가나 오 나가
대박전문 앞 문전박대

알바의 물가는 아랍보다 가물지만
시간의 가신들이 인간에게 안긴
지지 않는 지지

온다, 돈아, 다 돈다, 단도다!

살자살자살자, 여기를 이겨!

삼대 2

육 남매 말썽 피울 적이면 엄마는 말했다

열 살까지는 부모 책임
스무 살까지는 반반 책임
스무 살 넘어선 다 니들 책임이라고

엄마는 책임을 다해 살았다

나도 그때의 엄마가 되어 딸에게 말한다

열 살까지는 내 책임
스무 살까지는 반반 책임
스무 살 넘으면 네 책임이라고

스무 살 스무 살까지만 하며 엄마처럼 살았다

보청기 잡음에 전화로도 기차 화통이신
여든다섯의 엄마는 책임을 초과해 여태껏
쉰셋의 늙은 딸 아침을 알람중이시다 그만
일어나라 밥 먹었냐 따순 밥 먹고 나간 자식들
안 삐뚤어진다 파김치 시어진다 가져가라

나는 엄마처럼 살지 않아야 한다

두 딸이 스무 살 스무 살만 되면
희망하지 않을 거다 나 자신조차도

젠더의 온도

한 여자의 계절을 잰다는 건 신대륙을 기록하는 것

두 가슴 사이에는 불이 있다 피가 높으면 열어 식히고 젖이 낮으면 닫아 견딘다 높으면 치솟고 낮으면 갈앉는다

동무와 동물 사이에는 온도가 있다 동무보다 뜨거운 동물을 먹으면 피가 탁해진다 탁해지면 낮아지고 낮아지면 심장이 얼기도 한다

세계는 뜨겁고 나는 춥다

추울 때면 잠을 잔다 물 먹은 잠이 한파를 부르기도 한다

한파에 새끼를 품은 것들은 제 체온을 지키기 위해 운동한다 운동하지 않는 악어는 반년을 굶기도 한다

잠만 자는 악어야 온도가 낮으면 여자로 부화되고
높으면 남자로 부화되는 악어야 너는 전망일까 절망일까

잠에 자주 얼음이 드는 건 내가 몹시 추운 날에 태어나서다 여름 한낮을 좋아하는 건 해가 중천일 때 죽고 싶어서다

가장 추운 추위와 가장 차가운 더위 사이에 위도가 있다

내 잠의 지적도다 사춘과 갱년 사이에 청춘이 있다 가팔랐
던 꿈의 등고선들이 빽빽하다 뺨은 덥고 손은 차다 입꼬리
는 낮아지고 아래턱은 높아진다

　시든 날은 날로 덥고 잠든 나는 날로 차고

　더운 세계를 낳은 젠더의 새벽은 아직 춥다

나침바늘을 보다

돌이 떨고 있다 말할 수 없는 건 침묵해야 한다고
물이 떨고 있다 말할 수 없는 걸 말해야 한다고

꽃술아, 떨릴 때는 안간힘을 빼봐!

낮이 노래한다 꽃을 위해 물을 켜야 한다고
밤이 노래한다 꽃을 위해 불을 켜야 한다고

떨리는 노래가 바람을 타면 메아리를 얻는다

방황이 말한다 헤어질 수 없는 게 방향이라고
자유가 말한다 떠나지 못하는 게 자해라고

움켜쥔 손바닥은 마음을 붙드는 차력

매미가 운다 세상 좋은 건 울지 않는 거라고
멧새가 운다 세상 좋은 건 날지 않는 거라고

떨던 울대뼈가 가리키는 곳은 어디?

사랑은 살아
―애너그램을 위한 변주

사물에 마술을 걸까?
가슴에 사금을 캘까?

성차의 상처가 다르고
피부의 부피도 달라

간난과 난간에서
우리는 이루
아둔히 운다

오늘의 노을처럼
나비와 바니처럼
다른 온도 다른 농도라서

짐승 편인 심증을
안을까나 여보? 안녕을 까봐?

이판사판 피안파산에도
삼라의 사람은 사랑을 살아

샤갈이 사랑한 산책

구름은 밀어올린 척력
닭발 아니 당나귀 발굽은 내리꽂힌 중력

　　넌 구름과 모자를 좋아해
　　닭벼슬 닮은 초록 당나귀 모자와
　　구름 닮은 페르시안 고양이 모자를 좋아해

창가에 달빛 아코디언의 세레나데도
다홍 레이스 두 팔의 넬라판타지아도
목단무늬 비단 속 포도주나 욕조 속 카푸치노 가슴도
쉐이브를 마친 푸르스름한 아침 턱수염도

　　난 발과 구두를 좋아해
　　노을을 기억하는 움푹 파인 그믐달 구두와
　　눈물 흘리는 악어 구두를 좋아해

밤새 팝콘처럼 터졌다가 숨진 이불 속 목화솜꽃은
솜 진 동키였을까 소금 진 돈키였을까
해진 아라비아 양탄자에 올라탄 신랑 신부는
헤픈 닭털 노을 아니 웅크린 페르시아 고양이 구름?

　　네가 구름 날개를 단 하프를 그리면
　　난 여행자의 그믐 날개를 그릴게

네가 사랑의 바람과 방랑을 그리면
난 도시의 벼락과 벼랑을 그릴게

밤의 톱날지붕이 달빛 신부의 치맛단을 붙잡을 때도
새빨간 스티로폼 공이 신랑 파이프 위에서 바르르 떨 때도

음, 샤갈의 염소수염 붓이 쉼 없이 그리고 그리는 것은?

늘 몸

늘 몸에 허공을 품고 사는
일급 도공의 손엔 지문이 없고
일급 바이올리니스트 손끝엔 줄 골이 깊다지

늘 몸에 광야를 품고 사는
일급 축구선수 발엔 발톱이 없고
일급 발레리나 발가락은 생강뿌리 같다지

늘 몸에 바람을 품고 사는
일급 카사노바의 입술엔 젖과 꿀이 흐른다는데

반평생 고개를 처박고 읽고 또 쓰다가
책상이라도 뚫을세라 늘 늘어진
닷 발의 내 두 뺨도 일급이라면 일급?

늘은 전부다
굳은살로 고이는 몸이다
시간의 거푸집으로 찍어낸 버릇 든 몸이다

삶을 완성하는 무작정이다

사랑은 간헐

시월은 구름 발정기다 마파람에 게눈이다 게눈 따라 수
구름도 쏜살이다 나이아가라 구름까지 따라붙는 털쎈구름
을 품으려는 게눈구름의 밀당법이다 말달리는 구름이다 하
늘엔 구름 한 점 없고 하늘 아래 말들이 살이 찌는 이유다

하늘이 낮아지는 동짓달 구름은 느릿느릿 떼로 몰려다니
다 흩어질 때면 너무 외로워 제 그림자를 눈사람처럼 세워
놓는다 그때쯤 눈물계곡을 빠져나온 얼룩구름이 제 몸에 맞
는 눈사람을 골라 입고 긴 밤에 든다 그때쯤 또 눈은 올 듯
말 듯

춘삼월 구름은 햇구름, 솜털보다 솜사탕보다 화안하다 갑
빠처럼 알통처럼 헛꿈을 불린다 허파도 가빠 까르르 뒤집힌
후란넬 치마 속 흰 빤스처럼 온몸이 궁둥이다 오금이랑 겨
드랑이가 가려워지는 중구난방의 알러지다

물 만난 장마철에 구름의 상열지사는 다반사다 한 구름은
또 한 구름 늑골에 고인 눈물을 짜준다 온도와 염도가 맞으
면 제 눈물을 흘려 넣는다 상처가 아물 즈음 이 구름은 그대
로 저 구름이 된다 오뉴월 비가 잦고 비늘구름 뒤에 먹구름
이 따라오는 이유다

코끼리를 냉장고에서 꺼내는 법

냉장고엔 락앤락이 산다

같은 데 같은 걸 담았다 비웠다 또 담는
락앤락은 후천적 기억의 저장용기다
늘앤늘 반복이 낳는 믿음의 생리학이다
꼭앤꼭 약속이 가져다주는 위생적 미래다
킵앤킵 밀폐된 현실을 보관하는 투명한 관념이다

아기 코끼리 다리가 큰 나무에 묶여 있다
아기 코끼리는 사력을 다해 당겨보지만 매번 그 자리다
실패가 믿음이 된 코끼리는 묶인 줄을 제 발목쯤으로 안다
묶인 줄을 풀어줘도 묶인 줄을 넘어서는 그 이상을 나아
가지 못한다
다 큰 코끼리는 나무를 뽑아버릴 만큼 힘이 세지만 락앤
락의 줄 하나를 이기지 못한다

냉장고엔 락앤락이 살고
락앤락엔 코끼리가 산다

냉장고 안 코끼리를 어떻게 꺼낼까?

관음(觀音)

겨울 가습기를 치우고
말간 물을 가득 채운 수반에
참숯 세 개를 세워놓았더니 밤새

마른 목울대가 꿈틀
참숯 물 빨아들이는 소리

쩍 쩍 도끼날 받듯
밤의 아가미를 열어 눈물을 빨아들인다
맨 끝 맨 끝 잔별들까지 글썽이며
천수천안관세음을 불러댄다

쓰린 것들 쓰라린 것들
밤새 해갈하는 소리에

이웃한 관음죽 한 그루
연한 식은땀을 흘리며 때 이른
아기 잇 싹 같은 봄 꽃대를 내빼물고

열 잎의 평일
—애너그램을 위한 변주

임차한 아침마다 강시처럼 기상, 식전을 직선으로 적시는
커피 키퍼, 조깅으로 오직 역사의 경사를, 하루!

이틀째다, 정비된 저 입들의 교사된 사교는 온 데 동네
를 친분 난 눈빛으로 만들지, 상인의 인상이란 신앙 같아서

사흘의 슬하, 미러에 머리를 박고 개복하듯 고백을 해, 나
흘의 하늘, 양심의 임상은 애잔한 내장이야 비밀의 빌미야,
닷새의 삿대, 진술한 선생이란 손질된 생선? 김치의 기침이
나 새우의 우수나 햇김의 핵심을 찾는

하지의 지하였을 거야, 창백한 책방의 방책이란 감기 든
미각처럼 주저와 저주를 부르는 먼 술의 선물, 엿새라니

이레, 엄격한 검역과 엄결한 검열을 통과한 시정의 지성
은 고전의 조건이라고, 유행에 용해되지 않은 견고한 격노
는 문학의 군함이라고

여드레, 지상의 시장에서는 준비된 지분이 매각되고 소액
의 고생이 감개하게 개막되지, 그림처럼 기름진 금리를 좇
는 착란의 낙찰이랄까

아흐레, 아 밥 그리고 아빠, 우열의 여울에 빠진 등록된 등

골, 그러나 무릎은 푸름, 아직은 장기도!

　열흘의 혈을, 이 길에서 쓴 기일까지의 일기가 기골 찬 기록이길, 묵시를 숨기는 미숙한 바닥의 답가일지라도

뉴스와 댓글

양은 늑대에게서 도망치고
양치기는 마을 사람들에게서 도망치고

늑대가 나타났어요

하얀 양의 놀란 눈이 빨갛고
어린 양치기의 꼭 감은 눈이 빨갛고
마을 사람들의 하품에 글썽이는 눈이 빨갛고

양들이 떨며 운다
양치기가 양을 안고 가만히 떨며 운다

늙은 마을 사람들은 이른 양치기를 쫓고
늦은 늑대는 잊은 양을 쫓고

늑대가 나타났어요

하얀 양은 빨간 양꼬치가 되고
어린 양치기는 새빨간 양아치가 되고
마을 사람들은 빨간 양꼬치를 먹으며 새빨간 양아치를 해
고하고

양 한 마리 양치기 두 마리 양 세 마리 양치기 네 마리 양

다섯 마리 양치기 여섯 마리……

마을 사람들이 뱃속에 묻어버린 건 뭐지?

집집마다 문을 닫고 얼굴을 벗고 자판을 두드리며
보고 또 보고 있는 저 푸른 집어등은 뭐지?

모텔여옥

달의 발꿈치가 둥그렇게 닳았다
잎을 놓친 겨울가지가 차다 초승의 끝이다

얼음 든 강은 부러진 날개일까 돌아오는 길을 잃은 가지
는 죽어가는 가지일까 백색은 하양과 다른가 검음이나 검정
과는 누가 앞설까

긴 밤을 삐걱대던 달빛 계단은 허공에 쌓은 공후의 음계?
새벽을 부르는 여옥의 노래?

저녁에 빚은 모텔 밖으로 흘러들고
아침에 빚은 모텔 밖에서 흘러든다

꿈을 빠져나온 발이 툭 떨어졌다 아침 햇살이 서치라이트
처럼 탐문중이다 흘러든 겨울가지 그림자가 바닥을 놓친 흰
발바닥에 명부를 새기고 있다 날아오르는 새처럼 검다 희디
흰 발목에까지 휘갈겨 쓴 한밤의 숙박계가 짧다

발바닥에 새긴 겨울가지는 끊긴 제 그림자?
발목에 내려앉은 저 새는 저를 겨냥한 칼?

건너지 마 검정 새여 흰 날개를 펼치지 마

발밑에는 다급히 불러대는 무음의 진동이 있고 창밖에 ―
는 겨울가지에 연두가 차오르고 있으니 공무도하 공경도하

스트라이크!

서천 논산 가는 국도는 새들의 무덤이다
천만 새들이 유리방음벽 갓길로 떨어진다

흔하디흔한 참새도 느리게 나는 꿩도
낮고 빠르게 나는 붉은머리오목눈이 물총새도
사람 가까이 사는 멧비둘기 직박구리도

새들은 눈이 옆에 달려 있어 날 때 보지 못한다 전망에 사
망하는 이 허공장벽을
새들은 사이를 날 뿐 높이뛰기 선수처럼 타넘지 못한다 착
시의 저 획 혹은 금을
새들은 날기 위해 뼈까지 비워서 작은 충격에도 크래커처
럼 부서진다 스카이스크래퍼에

어치 되지빠귀 실업자나 청딱따구리 솔부엉이 취업자나
물까치말똥가리 소쩍새 계약직 너나 나나

강남 청담 가는 대로는 유리의 미로다
자동문과 회전문과 방화문에 부리를 들이박곤 한다

너머를 보여줄 뿐 넘을 수 없는 유리벽에
대가리가 깨지고서야 엎어지는 스카이 스트리트에

세세세

시간이 너라면 시간이 나라면

아침바람 찬바람에 울고 가는
저 기러기가 놓친 엽서 한 장이라면

신데렐라는 어려서 나보다 늦게 늙고
계모와 언니들보다 먼저 춤추고
서리서리 찬바람에 너보다 오래 울고

푸른 하늘 은하수에 무럭무럭 차오르는
하얀 쪽배는 대박일까 쪽박일까
계수나무 한 나무에 도끼 한 자루는
눈먼 바람 찬바람에 썩어가고

울지 마요 그믐의 구름
가지 마요 그날의 여름

너랑 나랑은 그렇게 빨리
서로에게 털린 두 손을 백기처럼 내밀고

그래도, 다시, 세세세(歲歲歲)!

4부

밥알과 알밥을 찾아다녔다

랩소디 멜로디

서사가 끊기도록 술을 마시는 것도
담뱃잎이나 양귀비꽃을 입에 무는 것도

지평선을 지우며 달려오는 모래폭풍처럼
넘치는 넌 넘고 싶었던 거야

허리가 끊어지도록 자고 또 자는 것도
눈시울과 눈시울을 닿아 어항을 만드는 것도

넘쳐서라도 넌 너머로 널 넘기고 싶겠지만
너를 넘친 버스는 기다리는 게 아냐

북쪽 끝 종점에서는 밤새 오로라가 울었어
다비의 불더미에서 장작 터지는 소리였어

연체된 생에 치익 불을 그어보는 것도
얼음폭포처럼 벼랑을 뛰어내리다 멈춰버린 것도

망각의 망루에 목을 내걸어볼 수도 있지
높이 오를수록 중력은 넘치는 거니까

여행을 끝낸 지구 맨 끝의 위도처럼
스콜이 훑고 지나간 비의 온도처럼

가파르게 쏟아져 넘치는 너는 오늘도

삼대 3

오십 년 가래나무는 칠백 년 측백나무 우듬지에 뿌리를
박고
이백 년 능소화는 칠백 년 측백나무 밑동에 뿌리를 박고

측백에서 능소화에서 가래에게로 빨아올린 불끈의 힘

미군 할아버지에서 베트남 엄마에서 홍대 앞 스무 살 힙
합 청년에게로 유전하는 쌍꺼풀 짙은 내력을 들었을 때도
일본에 귀화한 파이터 추성훈이 딸 사랑이를 안고 아버지
의 고향 제주도를 찾아갔을 때도
여든다섯의 엄마가 사춘기 외손녀에게 용돈을 쥐여주며
네 엄마 속 썩이지 말라고 어르고 달랠 때도

떠올랐다 청도 태청궁에서 봤던 한 그루 된 세 나무

측백 우듬지에 뿌리내린 초록 가래잎들은 칠백 년 측백 정
수리를 타고 앉아 쫏쫏쫏
측백 밑동에 뿌리박은 능소화 넝쿨은 측백 몸통과 가래 가
지를 휘감은 채 응응응

갈증의 생장점에 빨대를 꽂은 핏줄이라는 물끈의 샘

입들의 전쟁

영원한 숲속의 빈터 에버글레이즈 늪지대에서

본토 악어와 이국종 비단뱀이 물고 물리는 이틀간의 혈투
가 벌어졌던 그날
급기야 악어를 삼킨 비단뱀도 죽고 말았던 그날

한번 물면 놓지 않는 미국 악어 입과
한번 벌어지면 무한정인 미얀마 비단뱀 입 사이에
목숨 건 사투가 벌어졌던 그날

필살기가 달라 먼저 문 쪽이 승산이 있을 법도 하지만

악어도 뱀도 죽을 때까지 싸웠으니 진퇴양난
악어 꼬리가 비단뱀의 입을 관통했으니 이판사판
삼켜진 악어 발톱이 비단뱀의 배를 터뜨렸으니 복수혈전
악어 몸통이 여전히 비단뱀 뱃속에 있었으니 쌍방필패

영원한 뱃속의 에버헝그리 전쟁터에서는

천불철탑

늙은 구름 혼자 산다 현해탄 너머 위안부로 끌려갈까 싶
어 산 윗동네에서 산 아랫동네로 혼인해 새끼 낳고 사별하
고 분가시키느라 오갔던 마을 입구에서, 구덩이 파고 목줄
걸고 막았으나 트럭에 밀리고 포클레인에 밀린 밀양 할매
구름 김말해, 말해 뭣해

　　　　즈그는 법이 있고 우린 무법이라 카는데
　　　　우리는 억울해도 분을 풀 데가 없다*

남편은 징집 피해 떠돌다 보도연맹을 따라가버리고 막막
한 먹장구름 아래서도 새끼들이 둘, 밤이면 문고리에 초승
과 그믐을 번갈아 꽂아놓고 뜬눈의 슬하 이루었으나 월남
전에 자원한 큰아들 허리 부러져 돌아오고 방직공장 다니
던 작은아들 창졸간에 요절했으니 구름의 풍파란 이런 것

　　　　일자무식이라 내 이름도 못 쓴대이
　　　　살아온 걸 썼으면 방 두 개는 채웠을 텐데

새로 솟은 송전 철탑에 걸린 묵은 구름, 한평생을 흘렀으
나 밥도 법도 말도 날도 말해 뭣해 새끼들과 빠지고 싶었던
저수지가, 한때 한 떼였던 조상 묏자리가, 시름을 펼쳐놓던
감나무 밭이 그게 다라서 그게 남은 전부라서

죽으면 죽고 살면 사는 기지 ―
이래도 죽고 저래도 죽고

철탑에 걸린 저 천불 난 구름이 천둥으로 잦아들게 하라,
저수지 곁 묏자리나 적시는 여름 여우비로 쏟아지게 하고
가을 든 감잎에 백발 서리로 내려앉게 하라!

* 「남편은 보도연맹, 아들은 월남전, 나는 송전탑」(한겨레 2014년
7월 5일자)에서 인용.

마트카트

마트에서 나를 맞이하는 건 카트다

쌓인 욕망의 리스트는
카트에 손이 닿는 순간 해방구다
그때부터 나를 끌고 가는 건 카트의 너트다
네 개의 쌍방향 회전 바퀴다

카트는 거대한 내부를 품고 있다

엘리베이터를 타고 지상으로 오른다
내부는 맨 위층 전자제품 코너부터 발견되지만
먼저 채워지는 건 1+1 에너자이저 건전지다
캡 클립을 담고 크레용 크래커를 담고
캔 커피를 담고 크림 코카콜라를 담는다
내려가는 에스컬레이터마다 가속도가 붙는다
시식의 대가로 2+1 만두를 담고
대방출 한정 초특가 감귤을 담는다

카트의 내부가 완성되는 건
카트의 바퀴들이 몰려드는 계산대다
+와 +와 +로 일방통행되는 카트 코트다
컨테이너에서 컨베이어로 인도되는 카트 코스다

마트에서 카트의 루트를 커트하는
내 녹색 비상구는 지하주차장 출구다

카트에 갇힌 녹색 인간이 ⇦🏃로 달려간다

시티카트

카트에 담긴 것들은 스캔된다

보름이 조명등처럼 떠 있는 동안
빌라와 빌딩과 아파트가 스캔되고
달리는 버스와 자동차와 전철이 스캔된다
다시 그믐이 차오르는 동안
컴퓨터와 핸드폰과 신용카드가 스캔되고
지문과 핏줄과 골수가 스캔된다
담기기도 힘들지만 빠져나가기도 힘든
철제 바코드들의 울타리

문 스트럭 시티 트랙!

정류장과 신호등과 계산대마다
스캔되기 위해 미세먼지처럼 밀집된 행렬
업그레이드된 계층과 계략과 개발이
블랙 메탈 트랩에 걸려지면서 스캔되고
시시티비 속 치르치르 미치르의
성과 성형과 상납의 스캔들이 스캔된다
24시 멜랑콜리 마케터들이 스캔되고
묵시의 네온 시티 스트리트가 스캔된다

나는 스캔된다 고로 시티즌이다

폭풍추격자

망치를 향해 전진하는 못대가리와
바람을 향해 돌진하는 꽃이파리와

다른 게 되려면 달려야 해요
비명에서 비탄으로 다시 비행으로

　　　아득한 파러웨이 어딘가 파러웨이

제 무게를 내맡기면 돼요
추락하는 바닥이 바닥을 칠 때까지

지루한 지평선에 내던져진 지평을
기적의 절벽으로 용솟음치게 하는

　　　멀고먼 파러웨이 여기로부터 파러웨이

모든 전야로부터 회오리쳐요 진격의 사랑
탕진에서 소진으로 다시 자진으로

산란 춤을 향해 치솟는 하루살이와
골인 점을 향해 치닫는 마라토너와

공범

경비업체 직원이 죽었다 새벽 귀갓길이었다

잠시 귀국해 밤새 놀다 취한 유학생들에게 맞아 죽었다
강남대로변에서 일곱 청년에게 맞고 또 맞았으나
새벽기도 가는 행인 십수 명이 지나갔고
헤드라이트를 켠 자동차 수십 대가 지나갔으나
때리다 지친 일곱이 다 달아난 후에야 중환자실로 옮겨져
스무날 만에 숨진 그는 스물네 살이었다

생모는 동생을 낳다가 죽었다
생부는 그길로 집을 나가 돌아오지 않았다
동생은 입양되고 그는 조부모가 거두었으나
조부모마저 이혼하면서 그도 보육원에 맡겨졌다
동생을 입양한 부부가 보육원에 봉사왔다 그를 만났으나
세 살 동생과 다섯 살 형은 서로를 알아보지 못했다

죽고 난 뒤 그가 살던 단칸방 서랍에는 유서인 듯
입대 통지서와 가족관계증명서와 주민등록등본이 있었다
군복무중인 동생이 유해를 거둬 생모 산소에 뿌렸다

집 가는 길이 가장 어둡고 쓸쓸해 늘 감고 걸었던
밤새 어둠을 바라보느라 핏발 선 그의 두 눈이
새벽 취객들의 활보를 바로 보지 못해

대형 교회 십자가 불빛 아래서 맞고 또 맞는 동안
십수 명이 지나가고 수십 대가 지나가는 동안

그가 마지막까지 바라보았던 건 누구의 눈이었을까

콘센트

잘린 두 팔 끝에 콘센트를 매단 여자
콘센트에 숟가락이나 빗자루 칼 칫솔 따위가
꽂힐 때 잘린 두 팔은 되살아난다

자동차에 꽂혀야만 달려갈 수 있고
핸드폰에 꽂혀야만 안부를 물을 수 있고
반주기에 꽂혀야만 노래할 수 있고
컴퓨터에 꽂혀야만 시를 쓸 수 있는

꽂혀야만 사는
꽂히기만을 기다리는
꽂히지 않으면 꽃필 수도 없는

도시 도처를 버둥대는 플러그들이
맨홀처럼 빨려드는 메트로의 입과 항문

팔다리가 잘린 채
둥그렇게 웅크린 지구라는 이름의
콘센트를 매단 녹색 저 여자

꽂히기 전까지 죽은 듯 꺼져 있는

거룩한 구걸
─애너그램을 위한 변주

정돈된 동전과 추적된 저축을 위해
연봉의 본영에 들어
예금의 음계를 타고 싶었으나

투박한 부탁이든 구차한 추가든
가불 불가라는
박절한 절박 앞에서

얼룩진 얼굴에 노여운 여우 눈이
마련한 라면과 진짜 짜진 짠지가

장차의 창자를 데우는
노동의 온도가 돈오라고

당면할 단명이라면
연명하는 직업이 영면할 입적이라면
마지막은 막지 마

기는 다리가 기다리는 뭇 숨

메기를 추억하다

순천 사는 장철문 시집 비유의 바깥을 보다

황혼에 물든 순천만 뻘색 표지가 퍽이나 시인을 닮았다
생각하다

시집 출간을 축하하는 혜화동 된장예술에서였다 제목 잘
뽑기로 호(好)가 난 김민정도 굴복한 고집 센 비유의 바깥에
전동균이 덧댔던 바깥만이어도 좋네라는 말과

어째서 늙다리 쉰내 나는 된장예술이냐고 타박하는 장석
남의 쉰 바깥을 생각하다

천안 사는 전성태가 막차 시간에 쫓겨 이차는 못 가고 오
만 원 한 장을 장철문 호주머니에 찔러 넣고 서울 바깥으로
줄행랑치던 촌놈 우정을 생각하다

비유의 바깥에 심어진 나무─보드가야를 읽다가

보드가야는 어떤 나무일까? 보드가야를 입력했는데

나무는 못 찾고 인도 보드가야 사원 연못에 사는 메기떼
를 클릭해보다가

우글거리기도 하여라, 나무 아니 남무(南無)를 잊고 순간
메기떼를 따라

어릴 적 놀던 곳, 채석장 다이너마이트가 터진 날이면 오
빠를 따라 강가로 달려가 발파 소리에 정신줄 놔버린 물고
기를 잡곤 했는데 일곱 살 다리 사이를 빠져나가는 메기를
맨손으로 잡았던 기억을 떠올리다

쭉 찢어진 입 끝에 달린 긴 수염 위로 콕 찍힌 메기 눈이

담뱃대 탕탕 당골네 할배 눈을 닮았었는데

그날 저녁상에 올랐을 메기탕은 기억 없고 미끌 꿈틀 메기
손맛만 생생커늘 왜 그 물고기 이름이 메기였을까?

메기는 과메기와 사돈네 팔촌도 아니어서

옛날에 금잔디 동산 물레방아 곁에서 좀 놀았다는 메기라
는 이름의 서양 여자를 부르며 놀던 사춘기를 좀 추억하다

곤한 노동 끝 아기에게 젖을 물린 채 잠들었다 제 젖무덤
에 새끼를·묻고 말았다는 나희덕 시 몰매기를 떠올리다

예이츠 시 몰매기의 노래에 이르렀는데, 남편에게 쫓겨나
돌팔매 몰매를 맞은 그 가엾은 매기가 청어에 소금 뿌리는
일을 했다니 청어과메기도 만들었을까?

내몰리는 몰매가 아니라 그냥 이름이 몰매기여서

몰매기를 입력했더니, 물메기로 검색하시겠습니까

물메기는 바다메기였다 너무 못생겨서 잡자마자 바다에
버렸다는데

우글우글도 하여라 신혼집 가는 길에 쌓여 있던 죽은 메
기떼 꿈을 꾼 후 유산을 했는데

서른의 다리 사이를 빠져나간 메기를 생각하다

처녀 적 회갑의 아버지와 팔팔한 오빠들이랑 먹었던 한탄
강변 수제비메기매운탕 속 메기 살맛이 생각났는데

아뿔싸 아홉시, 아직 저녁밥 전이라서

된장예술에서 강된장에 찍어먹던 아삭고추가 생각난 것

— 인데

　비유의 바깥이란 서두든 두서든 두루두루 없는 것이라서
　밥때나 밤이면 생각의 바깥에서 기어코 달려드는
　다급한 허기 같은 것이라서

　시금치된장국에 아삭고추 생각에 부랴부랴 바깥을 달려
간다

남자의 자만
—애너그램을 위한 변주

장가가 자강이라 믿었다
빚으로 집을 빌렸다
자식이 시작이었다

유일한 아비 두 끈은
이율의 이두박근 혹은 억 개의 어깨

밥알과 알밥을 찾아다녔다

시국 같은 식구와 정치 같은 치정에 싸인
거짓말투성이, 거지투성이 삶

대가리나 개다리나
미개한 개미나 비굴한 굴비나
새끼개나 개새끼나

솜옷 속 송곳 못처럼 금지된 지금의
영문 모른 운명 노름

고령의 애비가 앓는 고열의 비애

제사 자세의 자신 사진을 보며
이승을 응시하는 오만이라는 노망

생각서치

머그잔에 봉지커피 가루를 붓는다는 게
봉지를 버릴 쓰레기통에 붓고 있다
선배에게 물먹고 선배 뒷담화 터는 문자를
친구에게 보낸다는 게 선배에게 보냈다
약통을 열어 비타민을 손바닥에 던다는 게
생수병을 열어 손바닥에 쏟고 있다

죽어서도 뇌는 줄어들지 않는다니
생각은 죽어서도 생각중일 텐데
시시때때 생각이 행방불명중이다
생각이 딴 길에 들어 제 생각을 잃곤 한다

아니 땐 굴뚝일 때 내 생각은 뒤통수고
생각이 공중부양일 때 나는 수렁이다

오늘 잘못 부른 선배 이름부터
삼십 년 전부터 잘못 부르고 있는 당신 이름까지

시시각각 풍찬노숙중인 생각의 행방이
아이 서치처럼 실시간 서치될 수 있다면
외할머니처럼 생각 미아가 되지는 않을 텐데
떠도는 생각들도 강우량처럼 서치될 수 있을 텐데

생각이 생각의 중력을 벗어나
생각이 아닌 생각 쪽으로 날개를 턴다

아 어디로?

들여다보다

　눈을 감아봐, 이 생에 주사위를 던져봐, 사천의 밤이야, 어떤 밤은 별 하나에 모서리가 넷, 어떤 밤은 바닥 하나에 별이 넷, 모서리와 바닥을 이으면 이야기가 탄생하지, *평범한 샐러리맨 트루먼 버뱅크는 아름다운 여인 메릴과 결혼했으며……* 아름답지 않니? 신혼의 레시피 같은, 꽃과 반지를 품은 봄은 시폰케이크처럼 푹신해, 중국요리를 먹은 밤은 공갈빵처럼 빵빵해, 부푼 꿈에서는 언제나 불맛이 났을 뿐, 그게 다야? *사실 트루먼은 하루 이십사 시간 생방송 되는 쇼의 주인공이다. 본인은 아직 모르고 있지만……* 여나마나 출구가 막힌 쇼케이스야, 보나마나 어젯밤 그제 밤에 갇힌 함(函)이야, 늘 본인만 모르는 리얼 라이프 라이브야, 상투적인 숏은 편집됐어, 정말? *방송국에서는 트루먼의 물 공포증을 이용하여 그를 붙잡아두려고 거대한 폭풍을 만드는데……* 폭풍이 삼킨 갑(匣)이야 곽이야 궤야, 일탈한 일상이 초점을 이탈하는 비탈진 스튜디오야, 치명적인 엔딩은 어때? 그러니 두드려봐, 구름이 페인팅된 스카이 스크린을, 나가봐, 생방송중인 이 푸른 프레임 밖으로, 못 볼지 모르니 미리 인사하고, *굿 에프터눈, 굿 이브닝, 굿 나잇!*

앗숨*

허공에 거미줄을 치는 거미처럼
종일 제 거미줄에 걸려 있는 거미처럼

모른 듯 모든 걸 걸고

내민 엄마 손을 잡는 아가손처럼
엄마 손을 놓고 달려가는 아가손처럼

모른 듯 모든 걸 놓고

벼락에 몸을 내준 밤나무가 비바람에 삭아내리듯
절로 터진 밤송이가 제 난 뿌리로 낙하하듯

남은 숨을 군불 삼아 피워올리겠습니다
매일 아침 첫 숨을 앗 숨으로!

* 앗숨(Ad Sum): '예, 제가 여기 있습니다'라는 뜻의 라틴어.

해설

발란사(balanza)의 춤

조강석(문학평론가)

1. 발란사의 언어

벌써 오래전에 한 소설가가 작품을 통해 물은 바 있지만, 우리는 때로, "삶을 리셋하시겠습니까?"라는 질문 앞에 서게 되는, 서야만 하는, 서고 싶은 순간들을 맞는다. 이유는 모두에게 다를 수 있다. 그러나 그 내력보다도 중요한 것은 우리가 스스로의 삶에 이물감을 느끼는 대수롭지 않은 '초과학적' 현상을 틀림없이 종종 경험한다는 사실이다. 언어가 있다는 것은 이때 가장 놀라운데, 이물감으로 흩어지고 달아나는 자기 삶의 이력을 다시 중심으로 그러모으기 때문이다. 그렇기 때문에, 리셋하겠느냐고 질문을 던지는 소설가와 달리 시인은 발란사(balanza) 앞에 서게 된다. 우리는 이미 가장 쨍한 형태의 발란사를 하나 알고 있다. "밤은, 언제나, 고요하고,/ 낮은 가고 또 오고// 밤은 키가 크고, 죽었고/ 낮은 날개를 가졌고// 밤은 거울 위에/ 그리고 낮은 바람 아래"(「발란사Balanza」, 정현종 역)와 같은 구절을 페데리코 가르시아 로르카(Federico Garcia Lorca)는 남겨두었다. 우주를 천칭 위에 얹어놓는 숙련은 번잡을 다스리려는 평균율의 욕망과 멀지 않다. 작은 숨결 하나가 흩어놓은 균형조차 파열로만 느끼는 이가 천칭의 숙련공이 되기 마련이다. 근래의 시집 가운데서 가장 입 오므리는 소리를 풍부하게 담고 있는 시집 한 권이 이렇게 무게를 단다.

하늘에서는 덥고 땅에서는 춥다
새들은 높고 개미핥기는 낮다 식물은 더욱 낮다
덥다고 높기만 한 것은 아니다 높으면 추워진다

바깥으로부터 체온을 지키려는 항온동물에 관한 이야
기다

여름과 저녁에는 높고 겨울과 새벽에는 낮다
여름생은 덥고, 명망과 출가처럼 너는 대체로 덥다
겨울생은 춥고, 망명과 가출은 춥다 나는 늘 춥다

체온은 접촉하면서 흐른다 높은 데서 낮은 데로

가까운 몸은 높고 먼 몸은 낮다
사로잡힌 말은 높고 놓친 문장은 낮다
가깝다고 높은 것만은 아니다 사로잡히면 바닥을 친다

마음도 그렇다 죽지 않으려고 변온하는 것이다

눈에 눈에 눈이 내리는데 더웠다
여름에서야 눈에 눈에 녹지 않는 눈으로 추웠다
                    ―「모든 것들의 온도」 전문

이 시집에서 가장 먼저 눈에 띄는 것은 단연 발란사다. 인용된 시를 보라. 온도의 무게중심을 이탈하는 것들을 필사적으로 평균점에 그러모으는 언어의 운행이 이 시의 핵심이다. 만물은 속성과 성분과 함량으로 계량되는 저마다의 '실체값'을 갖는다. 하늘은 하늘대로 땅은 땅대로, 새들은 새들대로, 개미핥기는 개미핥기대로 고유한 '실체값'의 최소치와 최대치 사이에서 삶을 이어간다. 여름은 여름대로 겨울은 겨울대로, 가깝고 높은 것과 낮고 먼 것들도 제각각의 온도로 제 열심으로 사는 것이 존재자들의 태연한 비의이다. 그런데 한쪽으로의 치우침과 과함이 자동으로 보정되는 우주의 섭리를 감탄하는 늦골에 걸리는 두 문장이 있다. "바깥으로부터 체온을 지키려는 항온동물에 관한 이야기다"와 "마음도 그렇다 죽지 않으려고 변온하는 것이다"라는 문장이 그것이다. 그러니까 이 시는 우주의 태연한 섭리에 대한 관찰기가 아니라 차고 넘치고 모자라고 떼쓰는 우주를 자기 안에서 쉴 새 없이 보정하는 이의 노동 현장의 목소리를 담고 있는 것이다. 그러고 보니 이 시집 안에는 만물의 사태를 영점 보정하는 이의 '노동의 새벽'을 기록한 목소리들이 가득하기도 하다.

　　잠시였다
　　갈라진 것들은 다시 하나가 되었다
　　　　　　　　　　　　　　　　　　—「늦여름 물가」 부분

겹겹의 첫눈이 쌓였다
흰 종이가 출렁이는 내일이라 할까
넘치기 쉬운 지평선이라 할까
　　　　—「겁 많은 여자의 영혼은 거대한 포도밭」 부분

　난 왼다리가 짧고 넌 오른다리가 짧아 난 왼쪽으로 기울
고 넌 오른쪽으로 기운다
　　　　　　　　　　　　　　　　—「슬(膝)」 부분

　차면 넘치고 기울면 쏟아진다 다른 봄에 다른 노래도
다른 인생에 다른 하루도 탕! 탕! 탕! 모든 끝은 너무 멀
리 가면 아무것도 없다는 거 멀리 갈수록 너무 가까워진
다는 거
　　　　　　　　　　　　　　　—「홀리데이」 부분

　탕진에서 소진으로 다시 자진으로
　　　　　　　　　　　　　　—「폭풍추격자」 부분

　하늘을 보수하는 여와(女媧)의 숨가쁜 심사가 이랬을 것
인가? 이 영점 감각은 무엇일까? 저처럼 집요하게 영점을
고집하는 언어란 무엇이란 말인가?

2. 형태의 삶

장가가 자강이라 믿었다
빚으로 집을 빌렸다
자식이 시작이었다

유일한 아비 두 끈은
이율의 이두박근 혹은 억 개의 어깨

밥알과 알밥을 찾아다녔다

시국 같은 식구와 정치 같은 치정에 싸인
거짓말투성이, 거지투성이 삶

(⋯⋯)

고령의 애비가 앓는 고열의 비애

제사 자세의 자신 사진을 보며
이승을 응시하는 오만이라는 노망
　　　　　—「남자의 자만—애너그램을 위한 변주」 부분

이 시집에는 여러 편의 애너그램 즉, 철자 바꾸기 놀이를 활용한 시들이 시집 곳곳에 실려 있다. 물론 이것이 단지 말놀이나 음성적 효과만을 위한 것은 아니다. 앙리 포시용(Henri Joseph Focillon)이 적절하게 설명했듯이, 형태는 정신의 어떤 움직임의 번역이다. 형태 속의 정신이란 정신 속의 형태에 다름 아니다. 그리고 이와 같은 일은 앙리 포시용이 '형태의 삶'을 설명하기 위해 관심을 기울였던 시각예술에만 국한되는 것은 아니다. 위에 인용된 시를 보라. 여기서 우선 눈에 띄는 것은 전방위적 대칭이다. 그러니까 여기서의 애너그램은 단지 음운의 교환과 재배열에 머무는 것이 아니라 대칭을 그 중심 원리로 삼는다. 이 애너그램의 표면은 언어유희로 나타나지만 기저는 '발란사'의 감각으로 구성되어 있다. 한 남자의 자만의 이력이 과장 없이 정돈된 언어 속에서 형태를 얻어 자리잡고 있다.

사러 가 사거라
소비가 보시라는
성장의 정상을 향해

당일 일당을
바랑에 멘 알바는
박리다매의 갈비마대처럼

자소서와 조사서

        사이를 이사하듯
        오가나 오 나가
        대박전문 앞 문전박대

        알바의 물가는 아랍보다 가물지만
        시간의 가신들이 인간에게 안긴
        지지 않는 지지

        온다, 돈아, 다 돈다, 단도다!
        살자살자살자, 여기를 이겨!
                —「깁스한 시급—애너그램을 위한 변주」 전문

   애너그램 형식으로 씌어진 시와 관련하여 우리는 세 가지
를 눈여겨볼 수 있다. 첫째는 물론 그 형태상의 재미이다.
이에 대해서는 자세한 설명이 필요 없을 것이다. 둘째는, 교
환된 철자에 의해 만들어진 짝패들이 낳는 의미론적 대립과
확장이다. 소비와 보시, 자소서와 조사서, 대박전문과 문전
박대, 시간의 가신 등은 철자의 위치를 바꿈에 따라 묘하게
생성되는 양가적 의미의 충돌과 확산에 의해 시의 의미망
을 넓히는 데 기여한다. 셋째로, 애너그램 형식의 시어들은
시 전체의 전언을 강화하는 치차(齒車)들로 기능한다. 그리
고 바로 그 치차들이 맞물려 결국엔 하나의 전체를 이루게
된다. 그 결과, 이를테면 "살자살자살자, 여기를 이겨!"는

21세기판 '시대의 꿈'에 비견되는 노동요로 들기도 하는 것
이다. 언어로 구현되는 '형태의 삶'이란 바로 이런 것이다.

3. 형태 속의 정신, 정신 속의 형태

앞서 형태는 정신의 어떤 움직임의 번역이고 형태 속의 정
신이란 정신 속의 형태에 다르지 않다고 말한 바 있다. 우리
는 '발란사'의 '형태소명'(앙리 포시용)에 있어 아직 그 정
신의 양상에 대해서는 살펴보지 않았다. 한사코 평정과 균
형을 고집하는 (언어적) 몸의 양팔이 지지(支持)하고 있는
것들을 한번 들여다볼 시간이다.

결혼식 전날 기혼의 막내오빠가 말했다
사랑이란 나의 너를 위해 세상에 쌓는 담이라고
허물어지지 않으려면 스스로가 벽이 되어야 한다고

현관의 나 홀로 신은 홀로임을 반성중이다
어제 입술로 오늘 마시는 말술이 마술이다

왼손에 사각턱을 괴고 사각 창에 갇힌 내가 말했다
일흔 살에 잘한 일이 일곱 살 사다리꼴 지붕 아래 반성
중인 신을 사들이고 마술을 살아낸 거였으면 좋겠다고

115

신이 있다면 내가 그린 그림에 있다고
　　마술이 있다면 그 그림에 찍어놓은 내 입술 자국에 있
　다고
　　사랑에 갇힌 호퍼가 말했다 사각의 유리창 안에서
　　　　　　　　　　　　　—「호퍼가 그린 그림」 부분

　에드워드 호퍼의 그림에서 사각형이 도회적 삶의 규격과
결부되면서 도시인들의, 특히 여성들의 고독을 강조하는 프
레임으로 기능한다면, 이 시에서 사각형은 안온한 둥지를
위해 세상 쪽으로 낸 방벽이었다가 이내 자신을 가두게 되
는 가두리로 기능한다. 어렸을 때 그렸던 사각형에 주문을
거는 마음, 그때 그림에 찍어놓은 '입술 자국'이 마술의 봉
인을 해제하는 '모험'이었기를 바라는 마음이 간절할수록
현재의 벽은 단단해 보인다. 호퍼의 사각형이 사랑에 빠진
이의 것이 아니라 "사랑에 갇힌" 이의 것인 까닭은, 어릴 적
네모 그리는 마음의 무구함으로부터 멀어져온 거리가 순간
순간 불거지기 때문이다. 벽은 지키며 가둔다. 사랑의 역설
이 근본적으로 거기에 있는 것인지 모른다.

　　혼자서는 느리거나 빠르다

　　둘이면 조금 빨라지고

셋이면 조금 더 빨라진다

사랑에 빠질 때도
사랑이 빠질 때도

둘의 박동은 심장을 건너뛰고
셋의 박동은 심장을 벗어나기도 한다

희망에 달려갈 때도
희망이 달아날 때도

셋이면 경쟁이 되고
넷이면 전쟁이 된다

여럿이 부르는 신음을
우리는 화음이라 한다

—「합주」전문

'발란사'의 감각이, 아니 좀더 정확히는 '발란사'의 어긋
남을 예사로이 지나치지 않는 감각이 어디서 연원하는지를
엿볼 수 있는 대목이 이 시에 담겨 있다. "혼자서는 느리거
나 빠르다", 혼자서는 스스로가 척도이기 때문이다. 둘이 되
고 셋이 되면서 우리는 스스로 척도이기를 멈추고 삶에 척

도를 들이기 시작한다. 그리고 척도가 은신에 실패하고 불거지면 관계는 요지경이 된다. "사랑에 빠질 때도/ 사랑이 빠질 때도" "희망에 달려갈 때도/ 희망이 달아날 때도", 제안의 리듬 대신 척도가 일러주는 속도에 이끌리게 되고 그때 화음은 불협화의 신음이 된다. 이제 짐작할 수 있듯이 발란사는 바로 저 화음과 신음 사이에서 요청된다. 그리고

　가장 추운 추위와 가장 차가운 더위 사이에 위도가 있다
　내 잠의 지적도다 사춘과 갱년 사이에 청춘이 있다 가팔랐던 꿈의 등고선들이 빽빽하다 뺨은 덥고 손은 차다 입꼬리는 낮아지고 아래턱은 높아진다

　시든 날은 날로 덥고 잠든 나는 날로 차고

　더운 세계를 낳은 젠더의 새벽은 아직 춥다
　　　　　　　　　　　　　　　　　—「젠더의 온도」 부분

에서 볼 수 있듯 발란사는 "사춘과 갱년 사이"에서 요청되고 "꿈의 등고선들"의 간극 속에 산다. "가장 추운 추위와 가장 차가운 더위"는 "사춘과 갱년 사이"를 냉연하게 전시해 보이는 물리적 실증일 터인데 그것은 "더운 세계를 낳은 젠더의 새벽은 아직 춥다"와 같은 표현에서 심리적 실재로 변환된다. 불현듯 물리적 실증과 심리적 실재가 공모하며

확증하는 세계의 이물감은 "꿈의 등고선들"의 낙차가 낳는
실존적 사유로 연결된다.

  이십 년 전 일이다 첫딸을 낳은 직후였고 강의를 마치고
강사실에 들어갔을 때였다 독신의 선배가 독설을 날렸다

    오랜만 시인!
    엄마는 절망할 수 없다는데
    절망 없는 시인의 시는 안녕할까?

    (……)

    둘째가 성년이 되는 날
    천둘에 봉인해두었던 그 말을 꺼내들었다

    나를 향해 있었다
    눈부시게 벼려져 있었다
    날을 향해 기꺼이 달려갔다

    이제 두려워하지 않아도 돼 절망 따위
    이제 그만 엄마여도 돼
                   —「가스 밸브를 열며」 부분

스피노자의 말처럼 우리가 신체에 가해지는 변용에 쉴 새 없이 반응하고 적응하는 자동기계라면 단 하나의 자극도 무(無)가 될 수 없다. 어딘가에 기입된 자극은 때로는 몸의 변화로 돌출되며 때로는 원인불명의 정서로 돌발적으로 표출되기도 한다. 그리고 드물게는 심리적 폭탄으로 벼려지면서 무의식의 치차를 돌리기도 한다. "이제 그만 엄마여도 돼"라는 말이 '가스 밸브를 열며'라는 시의 제목과 어떻게 어울리는 것인지 굳이 설명할 필요가 없는 까닭이 그것이다. 절망 없는 세월은 실은 절망을 몸의 무의식에 새겨온 시간들이 아닐 수 없는데 누구에게나 그 임계점들이 있다. 그런데, 이 시에서 가장 흥미로운 대목이 바로 여기일 것인데, 이 경우의 임계는 "천돌"에 봉인해둔 것이라는 것이 사태를 새롭게 한다. 이 시집에서 가장 눈에 띄는 이미지 중 하나인 "천돌"은 지금껏 풀어온, 형태와 실존의 방정식에서 해를 구하게 하는 키가 된다. "천돌에 봉인해두었던"이라는 말이 넌지시 지시하는 바는 이 시집의 언어들이 무의식에 기입된 절망들의 주머니를 하나씩 차고 있다는 것과 다르지 않다. 앞서 살펴본 것처럼 형태가 정신의 어떤 움직임의 번역이라면 이 경우 정신의 주머니는 바로 천돌이 된다. 그리고 천돌이란……

    목울대 밑 우묵한 곳 그곳이 천돌

쇄골과 쇄골 사이 뼈의 지적도에도 없는
물집에 싸인 심장이 노래하는 숨 자리
목줄이 기억하는 고백의 낭떠러지

(……)

인도코끼리 같은 오해의 구름,
그리고 지리멸렬에 묶인 지리한 기다림이
기억의 물통을 채울 때면 망각의 타종 소리가 맥박처럼
요동치는 곳

뜻밖을 살게 한 천돌이라는 그곳
어떤 이름을 부르려 달싹이는 입술처럼
천 개의 숨이 가쁜 내 고통의 숨통
                    —「천돌이라는 곳」부분

……"물집에 싸인 심장이 노래하는 숨 자리"이자 "고통의
숨통"이다. 다시 말하자면 차곡차곡 무의식에 기입된 어떤
꿈과 어떤 절망이 노래로 벼려지는 몸 어딘가의 공장이다.
즉 고통을 질료로 하는 노래들이 채워진 주머니이자 그 노
래가 평형감각의 언어로 솟게 하는 셈이다. 그렇기 때문에
이 시의 이미지들은 정확히 다음과 같은 시에 나타난 이미
지들과 대응한다.

겨울 가습기를 치우고
말간 물을 가득 채운 수반에
참숯 세 개를 세워놓았더니 밤새

마른 목울대가 꿈틀
참숯 물 빨아들이는 소리

쩍 쩍 도끼날 받듯
밤의 아가미를 열어 눈물을 빨아들인다
맨 끝 맨 끝 잔별들까지 글썽이며
천수천안관세음을 불러댄다

쓰린 것들 쓰라린 것들
밤새 해갈하는 소리에

이웃한 관음죽 한 그루
연한 식은땀을 흘리며 때 이른
아기 잇 싹 같은 봄 꽃대를 내빼물고

　　　　　　　　　　　　　　—「관음(觀音)」 전문

　참숯과 관음죽은 천돌의 기능을 나누어 가진 기관이다.
"눈물을 빨아들"이고 "아기 잇 싹 같은 봄 꽃대를" 내미는
일은 고통이 노래로 흐르게 되는 경로, 노래와 언어가 변환

되는 기제와 관계 깊다. 이 시의 제목이 소재인 관음죽이 아니라 관음인 까닭도 그 때문일 것이다. 고통의 세계로부터 열락의 세계로의 길을 내보이는 것이 관음의 자비라고들 하지 않는가.

4. 발란사의 춤

그러고 보면 이 시집의 첫 시와 시집의 마지막에 놓인 시가 「춤」과 「앗숨」인 것도 충분히 이해가 가는 일이다. 이 두 시는 또하나의 발란사를 이룬다.

벼락에 몸을 내준 밤나무가 비바람에 삭아내리듯
절로 터진 밤송이가 제 난 뿌리로 낙하하듯

남은 숨을 군불 삼아 피워올리겠습니다
매일 아침 첫 숨을 앗 숨으로!
— 「앗숨」 부분

인용한 대목의 바로 앞에서 변주되는 "모른 듯 모든 걸 걸고" "모른 듯 모든 걸 놓고"가 의미론적 대립을 통해 비움과 채움의 발란사를 이루며 삶의 한 태도를 드러내듯이 "예, 제가 여기 있습니다"(Ad Sum)라는 말을 "매일 아침 첫 숨"으

로 삼겠다는 것 역시 의지가 그 자체로 존재증명이라는 태
도를 드러낸다. 그리고 이런 태도는 이 시집의 가장 앞머리
에 놓인 「춤」의 태도와 상통한다.

> 내 숨은
> 쉼이나 빔에 머뭅니다
> 섬과 둠에 낸 한 짬의 보름이고
> 가끔과 어쩜에 낸 한 짬의 그믐입니다
>
> 그래야 봄이고 첨이고 덤입니다
>
> 내 맘은
> 뺨이나 품에 머뭅니다
> 님과 남과 놈에 깃든 한 뼘의 감금이고
> 요람과 바람과 범람에 깃든 한 뼘의 채움입니다
>
> 그래야 점이고 섬이고 움입니다
>
> 꿈만 같은 잠의
> 흠과 틈에 든 웃음이고
> 짐과 담과 금에서 멈춘 울음입니다
>
> 그러니까 내 말은

두 입술이 맞부딪쳐 머금는 숨이
땀이고 힘이고 참이고

춤만 같은 삶의
몸부림이나 안간힘이라는 겁니다
　　　　　　　　　　　　—「춤」 전문

　이 춤을 발란사의 춤이라고 명명해보자. 입 오므리는 소
리를 가득 담고 있는 이 시에서 우선적으로 주목할 부분은
"그래야"와 "그러니까"라는 시어이다. 당위와 인과가 'ㅁ'
소리를 경유하여 자연스럽게 몸을 뒤바꾸고 있다. 요청과
기결(旣決)이 숨 들이마시고 내미는 리듬에 함께 놀고 있
다. 춤이 "그래야"의 세계 즉, 당위의 세계에서 봄과 첨과
덤을 요청하는 것이라면 말은 "그러니까"의 세계 즉, 자연
스러운 인과와 이미 도래하여 태연한 기결(氣結)의 세계를
관장한다. 다시 한번 형태가 정신의 움직임의 번역임을, 형
태 속의 정신이란 정신 속의 형태와 다르지 않다는 것을 상
기해보자. 춤추기 위해 말하고 말하기 위해 춤춘다. 그러니
까 그래야 하고 그래야 그건 거다. 정신과 형태, 당위와 인
과, 요청과 기결, 갱년과 청년, 그림 그리는 아이와 절망을
미루는 엄마, 영원 속으로의 떠밀림과 이미 함께 다니는 영
원, 천돌의 비밀과 관음의 환함이 천청 언어에 모두 함께 걸
려 뛰놀고 있다. 봄 사태다.

정끝별 1988년『문학사상』에 시가, 1994년 동아일보 신춘문예에 평론이 당선된 후 시 쓰기와 평론 활동을 병행해 오고 있다. 시집으로『자작나무 내 인생』『흰 책』『삼천갑자 복사빛』『와락』『은는이가』 등이 있다. 유심작품상, 소월시문학상, 청마문학상 등을 수상했다.

― 문학동네시인선 123
봄이고 첨이고 덤입니다
ⓒ 정끝별 2019

― 초판 인쇄 2019년 6월 3일
초판 발행 2019년 6월 15일

지은이 | 정끝별
펴낸이 | 염현숙
책임편집 | 김민정
편집 | 유성원 김필균
디자인 | 수류산방(樹流山房)
본문 디자인 | 유현아
마케팅 | 정민호 박보람 나해진 최원석 우상욱
홍보 | 김희숙 김상만 이천희 오혜림
제작 | 강신은 김동욱 임현식
제작처 | 영신사

펴낸곳 | (주)문학동네
출판등록 | 1993년 10월 22일 제406-2003-000045호
주소 | 10881 경기도 파주시 회동길 210
전자우편 | editor@munhak.com
대표전화 | 031) 955-8888 팩스 | 031) 955-8855
문의전화 | 031) 955-3576(마케팅), 031) 955-8865(편집)
문학동네카페 | http://cafe.naver.com/mhdn
북클럽문학동네 | http://bookclubmunhak.com

ISBN 978-89-546-5634-4 03810

* 이 책의 판권은 지은이와 문학동네에 있습니다. 이 책 내용의 전부 또는 일부를 재사용하
려면 반드시 양측의 서면 동의를 받아야 합니다.
* 이 도서의 국립중앙도서관 출판예정도서목록(CIP)은 서지정보유통지원시스템 홈페이지
(http://seoji.nl.go.kr)와 국가자료공동목록시스템(http://www.nl.go.kr/kolisnet)에서
이용하실 수 있습니다. (CIP 제어번호 : CIP2019018050)
www.munhak.com

문학동네